신흥무관학교

신흥무관학교

초판 1쇄 인쇄 2022년 2월 25일
초판 1쇄 발행 2022년 3월 1일

지은이 편집부
책임편집 하진수
디자인 그별
펴낸이 남기성

펴낸곳 주식회사 자화상
인쇄,제작 데이타링크
출판사등록 신고번호 제 2016-000312호
주소 서울특별시 마포구 월드컵북로 400, 2층 201호
대표전화 (070) 7555-9653
이메일 sung0278@naver.com

ISBN 979-11-91200-50-8 02800

신흥무관학교

자화상

차 례

신흥,
새로 나라를 일으키자

신흥무관학교 소개

　신흥무관학교는 민족을 구할 인재를 기르고자 이회영의 6형제 일가, 이상룡 일가, 105인 사건으로 해체된 신민회 출신 민족운동가들이 주축이 되어 1910년 설립되었다. 학교 이름은 신민회의 '신(新)'자와 부흥을 의미하는 '흥(興)'을 합쳐 새로운 나라를 일으키자는 의미로 '신흥'이라 명명했다.

　1911년 6월 10일 만주 삼원보에 세운 신흥강습소는 인재양성소로서 신흥무관학교의 기원이다. 신흥강습소는 만주, 간도 일대에서의 무장 항일투쟁의 초석이었으며, 신흥무관학교 출신 다수가 독립군의 일원이 되어 각지에서 활약했다.

　신흥무관학교라는 이름으로 정식 개교한 것은 1919년 5월 3일이다. 1919년 12월 청산리 전투에 신흥무관학교 출신이 대거 참여하였다. 1930년대에는 졸업생이 약 3,500명이 될 정도로 규모가 커졌으며, 신팔균, 이범석,

지청천 등이 교관을 맡았다고 전해진다. 의열단 단장으로 널리 알려진 김원봉도 신흥무관학교 출신이다.

1920년 일본이 대대적인 수색 작전을 벌이자 잠시 활동을 멈췄다가 1921년 본부를 길림성 액목현(교하현)으로 옮겼다.

해방 이후에는 초대 부통령인 이시영이 '신흥무관학교 부활위원회'를 조직하고 1947년 2월, 신흥무관학교의 교명을 이어받아 국내에 신흥전문학원을 설립한다.

신흥전문학원은 이후 전문학교에서 대학기관으로 승격되어 성재학원 신흥대학으로 이름을 바꾸었으나 6.25전쟁을 거치며 경영난을 겪고, 1951년 5월 18일 조영식이 인수한 뒤 1960년 경희대학교로 교명이 바뀌어 지금까지 그 역사를 이어오고 있다.

"목적을 달성하지 못하였다 하더라도
목적의 달성을 위하여 노력하다가
그 자리에서 죽는다면 이 또한 행복인 것이다."

이회영

신흥무관학교는 이회영과 그의
형제들이 주축이 되어 설립되었다.

신흥무관학교 연혁

신민회

1907년 국내의 애국지사들이 항일 비밀조직인 신민회를 결성했다. 1910년 8월 22일 대한제국과 일본제국 사이에 합병조약이 강제로 체결되었고 같은 해 8월 29일 공표되었다. 이를 '경술년에 있던 국가적 치욕'이라는 의미로 '경술국치'라고 부른다.

신민회는 1910년 12월, 신민회전국간부회의를 열어 국외 독립군기지 장소를 확정 짓고, 대일 무장투쟁을 공식 노선으로 채택했다. 만주 서간도에 토지를 사서 무관학교를 세우고 인재를 양성하다가 기회가 오면 독립전쟁을 일으켜 국권을 회복하는 것을 최대 목표로 삼았다. 이에 따라 각 도 대표들은 지역으로 돌아가 서간도에 갈 이주민과 군자금 모집에 착수했다.

신민회 회원으로 구국운동에 가담한 김구의 '애국애족' 휘호
©공공누리

경학사

　가장 먼저 우당 이회영 가문이 1910년 12월 30일 압록강을 건너 망명을 결행했다. 백사 이항복의 후예인 우당 이회영 6형제는, 삼한갑족(三韓甲族, 우리나라에서 대대로 문벌(門閥)이 높은 집안)의 명예도 부귀영화도 버리고 모든 가산을 처분했다. 지금의 명동 YWCA 건물과 주차장 그리고 명동성당 일부가 이회영 일가가 살던 곳이다. 둘째 이석영의 재산 등을 포함해 처분한 돈이 약 40만 원이었는데, 지금의 화폐가치로 따지면 약 650억 원(소값으로 환산) 내지 2,000억 원(땅값으로 환산)의 거금이었다.

　이듬해인 1911년 2월, 이회영 가문에 뒤이어 경상북도 안동에서 서양의 신문화와 신사상을 받아들인 혁신유림 지사 이상룡, 김대락, 김동삼이 그들의 가족과 함께 집단으로 망명했다. 석주 이상룡은 망명에 앞서 모든 노비를 해방하고 가산을 전부 정리했다. 영남의 명문가들이 앞장서 한국판 노블레스 오블리주(가진 자의 도덕적 의무)를 실천한 셈이다.

1911년 서간도에 이주한 이회영, 이상룡 일가를 비롯한 민족운동가들이 첫 사업으로 시작한 것이 경학사의 조직과 신흥강습소의 설립이었다. 이들은 1911년 5월 삼원포 대고산에서 군중대회를 열어 경학사 조직을 결의했다. 경학사는 서간도 이주민을 위해 농업 등 실업과 교육을 장려하고 장차 군사훈련을 시킬 목적으로 조직한 단체였다. 경학사는 이주민을 위해 만주지역에 최초로 벼농사를 보급하기도 했다.

만주, 간도, 연해주 구역 지도

신흥강습소

1911년 6월 10일(음력 5월 14일) 서간도 유하현 삼원포 추가가 마을의 한 허름한 옥수수 창고에서 신흥강습소의 개교식이 있었다. 토착민과 일제의 의혹을 피하기 위해 '강습소'라는 평범한 이름으로 출발했지만, 신흥강습소는 신민회의 조직적 결의와 수많은 애국지사의 피와 땀으로 이루어진 결정체였다.

망명 지사들이 서간도에 온 목적은 항일독립운동 기지를 건설해 독립운동을 이어나가기 위해서였다. 그들의 목적과 직결되는 사업이 바로 무관학교 설립이었다. 처음부터 독립운동 전사를 길러내겠다는 뚜렷한 목표가 있었기 때문에 신흥강습소에서는 중등 과정 교육뿐만 아니라 군사과를 따로 두어 군사교육을 진행했다.

합니하 신흥무관학교

1912년 봄부터 망명 지사들은 경제적 부담을 덜기 위해 유하현 삼원포 추가가 마을에서 동남쪽으로 90리 떨어진 통화현 합니하(哈泥河)로 이주했다.

1912년 7월 20일(음력 6월 7일), 합니하에 100여 명이 모여 신흥무관학교 낙성식을 하며 새로운 출발을 다짐했다. 신흥무관학교는 합니하 강이 마치 해자처럼 학교 주위를 거의 360도 휘돌아 흘러, 천연의 요새 같았다. 비로소 서간도 합니하에 모두가 염원하던 독립운동 기지를 마련할 수 있었다.

1913년 5월 6일에 신흥무관학교 졸업생들은 독립운동의 조직적 전개와 신흥무관학교의 효율적 운영을 목표로 신흥교우단을 창단하였다. 같은 해 5월 10일, 단원 25인이 참석해 제1회 임시총회를 열었으며 같은 해 9월 15일에는 신흥교우보를 발행하였다. 이후 신흥교우보는 만주 일대 한인들의 계몽지가 되었다.

신흥무관학교 교관들과 졸업생들은 통화현 쏘배차(백두산의 서편)에 백서농장을 만들었다. 백서농장은 중국 측을 의식하여 '농장'이라는 이름을 붙였을 뿐, 사실상의 군사기지나 다름없었다. 1914년 가을부터 밀림 지역을 벌목하여 이듬해 수천 명의 병력을 수용할 수 있는 대규모 군영을 완성했다.

백서농장은 정예 병사 양성을 위한 훈련에 주력하면서 농사일을 겸하는 병농일치(兵農一致)를 채택했다. 신흥무관학교 졸업생들은 만 4년간 백서농장에서 혹독한 군사훈련을 거치며 극한상황을 경험했고 이는 이후 항일 독립전쟁의 밑거름이 되었다.

新興校友報

中華民國二年九月十五日發行

第二號

신흥교우보

본교 이전

1919년에는 3·1 독립운동의 영향으로 신흥무관학교에 입학하려는 청년들의 발길이 끊이지 않았다. 그러다 보니 합니하 지역의 시설만으로는 학생들을 수용하기가 턱없이 부족했다.

따라서 조선인이 많이 거주하고 교통이 편리한 유하현 고산자(孤山子) 부근의 하동(河東) 대두자로 신흥무관학교 본부를 옮기고, 합니하에 있는 학교를 분교로 삼았다. 이어 통화현 쾌대무자(快大茂子)에도 분교를 두어 모두 세 개의 무관학교를 운영하는 체제로 바꾸었다.

1919년 5월 3일, 임시로 빌린 양조장 건물에서 고산자 신흥무관학교의 본교 개교식을 열며 교세를 확장했다.

청산리 전투 참전 및 강제 폐교

1919년 12월 북간도 지역의 군정부(정의단과 길림군
정사의 연합체)가 김좌진이 이끄는 북로군정서로 개편되
자, 서로군정서(서간도의 군정부)는 몇 차례에 걸쳐 북로
군정서에 신흥무관학교 졸업생들을 파견했다. 이후 북
로군정서의 핵심 직책을 맡은 신흥무관학교 졸업생들은
1920년 10월 청산리 전투에서 혁혁한 공을 세운다.

일본과 그들의 지원을 받는 만주의 봉천군벌은 신흥
무관학교의 명성이 높아지자 이를 견제하기 시작했고,
1920년 5월부터 중국과 합동 수색을 벌여 삼원포에서 애
국지사와 가족들을 체포하거나 살해했다. 서간도에서 신
흥무관학교를 유지하는 일은 불가능하게 되었다.

결국 1920년 6월 서로군정서와 신흥무관학교 관계자
들은 잠시 몸을 피하고, 지청천, 김동삼이 이끄는 400여
명의 교성대(신흥무관학교 졸업생 무장부대)가 청산리 전
쟁에 참전하게 된다. 신흥무관학교 출신들은 북로군정서

청산리 대첩을 승리로 이끈 후 기념촬영하는 독립군.
상당수가 신흥무관학교 출신이었다.

의 지휘관이나 대한의용군의 일원으로 홍범도 부대와 합류하여 청산리 대첩의 최전선에서 전투를 치르며 큰 전과를 올렸다.

또한 1920년 6월 봉오동에서 홍범도부대에 대패한 일본군은 복수로써 양민학살과 독립군 초토화 작전을 앞당겼다.

1920년 이후 상해임시정부가 추진한 '외교독립'의 환상이 깨지면서 민족운동 역량이 강한 만주 지역이 독립운동의 전략적 기지라는 인식이 확산되었다. 서간도 군정부도 1921년 5월, 본부를 길림성 액목현(현재 교하현)으로 옮겼다.

신흥무관학교 졸업생들은 독판 이상룡과 부독판 여준을 중심으로 항일운동을 다시 전개했다. 또 신흥무관학교 출신들은 액목현 대황지(현재 남강자)에 신흥무관학교를 계승한 검성중학원(劍成中學院)을 설립했다. 그 밖에 길림성의 신흥촌에 신흥무관학교 분교를 세운 이도 있었다. 3회 졸업생인 이규동은 길림성 영안현 신안촌에 신창학교(新昌學校)를 개설하고, 모교 신흥무관학교에서 배운 교과목, 교육이념, 교가까지 가져와 그 맥을 이었다.

1940년 9월 광복군 사령부 앞.
신흥무관학교 출신 단체사진.

해방 후 재개교

이시영(초대 부통령)은 해방이 되자 국내로 돌아와 신흥무관학교의 재건을 위해 온 힘을 쏟았다. 미군정 아래에서 미흡한 일제 청산과 민족정통성의 회복을 위해서는 무엇보다 민족교육이 필요한 시기였다.

이시영은 '신흥무관학교 부활위원회'를 조직하고 1947년 2월, 신흥무관학교의 교명(校名)을 그대로 이어받아 민족교육의 상징인 신흥전문학원(新興專門學院)을 설립했다. 이후 신흥전문학원은 1949년 2월 15일, 재단법인 성재학원 신흥대학(新興大學)으로 인가받고 1949년 7월과 1950년 5월에 각각 1·2회 졸업생을 배출했다. 한편, 당시 학교 측에서 밝힌 학교의 공식적인 창립일은 신흥강습소의 개교일인 1911년 6월 10일이다.

초급대학 시절에는 신흥전문학원 시절 학과들을 주간에 4년제의 체육학부, 야간에 2년제 과정의 외국어학부와 전문부(專門部)로 개편하였다. 체육학부에 체육과, 외국어학부에 외국어 6과, 전문부에는 법과와 정경과가 있었다.

다만, 이후 이승만 대통령과의 불화로 모집생 수를 줄이게 되는데, 1949년에는 총 1,080명으로, 한국전쟁 후인 1950년에는 심각한 재정난으로 150명만 모집하게 되었다.

외국어 학과가 지나치게 많은 점이 주목할 만한데, 이는 1947년 9월 1일 서울 아현동에 설립된 최초의 외국어 전문학교인 동양외국어전문학원(동양외전)을 신흥초급대학이 1950년 인수하여 해당 외국어 6과의 편제를 가져오게 된 때문이다. 이후 이 외국어 학과들은 개편을 통해 문학과로 이어지게 되며, 기존 전문부의 법학과(법과)와 정치학과(정경과), 체육학부의 체육과까지 4개 학과 체제가 성립된 이후 조영식 박사가 인수하여 운영하였다.

신흥무관학교
교육과정 및 교과목

학제는 본과와 특별과(군사과)를 두었다. 본과는 일반 중등 과정 교육을, 특별과는 속성과로서 사관 양성을 목적으로 하였다. 신흥무관학교 졸업생은 적어도 2년간은 학교의 명령에 따라 복무한다는 규정을 두었다. 신흥무관학교의 교육은 매우 엄격하여 야간에 비상훈련도 실시하고, 취침 도중 비상 나팔이 울리면 완전무장을 해야 하는 임전태세도 가르쳤다.

변영태
전 국무총리 겸 외무부 장관

본과

본과는 총 4년제로 3년의 일반 중등교육과 1년의 군사과 교육을 거친다. 본과 중학교육의 교과과정으로는 국어 문법, 대한 지리, 대한 국사, 외국어, 교육학, 수신, 경제학 등의 인문교육과 고등 산술, 물리학, 화학, 박물학, 생리학 등 이학 교육 그리고 창가, 도화, 체조 등의 예체능교육까지 다양했다. 가령 체육과에서는 태권도, 야간도강, 통화현 70리 강행군, 빙상운동, 춘추대운동, 격검, 유도, 축구, 철봉 등을 했다.

보통 오전에는 일반교과를, 오후에 군사훈련을 실시하였다고 한다. 신흥무관학교는 독립의 쟁취뿐만 아니라 이후 나라를 이끌어갈 인재 양성에도 관심을 기울였다. 실제로도 광복 이후 등용되는 정부 인사 중에는 신흥무관학교 출신이 몇몇 있었다고 한다. 대표적인 신흥무관학교 출신으로 변영태 전 국무총리 겸 외무부 장관이 있다.

장교반, 하사관반, 특별훈련반

본과 4년을 마치면 장교반, 하사관반, 특별훈련반 중 진로를 선택할 수 있다. 장교반은 총 6개월 과정으로 군 장교를 길러내는 데, 하사관반은 총 3개월 과정으로 군 하사관을 길러내는 데 목적을 둔다. 특별훈련반은 총 1개월 과정으로 즉시 투입 인력을 길러내는 데 목적을 둔다.

장교반과 하사관반의 교과목은 군사교육과 술과로 이루어지고, 특별훈련반은 술과로만 이루어진다. 군사교육의 교과과정은 보병, 기병, 포병, 공병, 치중(輜重, 군대의 군수품으로 오늘날의 군수병)의 5개 병과훈련 중 하나의 학과를 선택하는 것으로 구성하였다. 그 외에 내무령, 측량학, 축성학, 육군 형법, 징발령, 위술 복무, 구급 의료, 편제학, 훈련교범, 전술, 전략학 등이 있었다.

술과에서는 연병장에서는 각개교련과 기초훈련을 했고, 야외에서는 모의 전쟁을 실시해 실전감각을 익혔다.

신흥무관학교 교가

교가

서북으로흑룡태원 남의영절의 여러만만헌원자손 업어기르고
장백산밑비단같은 만리낙원은 반만년래피로지킨 옛집이거늘
칼춤추고말을달려 몸을단련코 새로운지식높은인격 정신을길러

동해섬중어린것들 품에다품어 젖먹여기른이뉘뇨
남의자식놀이터로 내어맡기고 종설움받는이뉘뇨
썩어지는우리민족 이끌어내어 새나라세울이뉘뇨

우리우리 배달나라의 우리우리 조상들이라
우리우리 배달나라의 우리우리 자손들이라
우리우리 배달나라의 우리우리 청년들이라

그네가슴끓는피가 우리핏줄에 좔좔좔걸치며돈 — 다
가슴치고눈물뿌려 통곡하여라 지옥의쇳문이온 — 다
두팔들고고함쳐서 노래하여라 자유의깃발이떴 — 다

신흥무관학교
후신(後身)

신흥무관학교는 국외 독립운동의 중심이자 시작이라 해도 과언이 아니다. 1910년 경술국치 직후부터 국외에서 벌인 투쟁으로, 당시 한반도의 상황에 비해 탄압이 적어 세를 키울 수 있었다. 교육기관이자 독립운동가를 양성하는 군사학교라는 점은 독립에 뜻이 있는 젊은이의 마음을 크게 끌었으리라. 1919년 임시정부 수립 이전까지는 경학사를 위시한 신흥무관학교가 독립 투쟁의 중심에 자리했다.

후신 단체들의 면면을 보면 아예 직접적으로 유관한 단체들만 따져도 정의부, 조선의용대 등 만주지역 독립운동 단체의 절반이 그 후신에 해당할 정도다. 이보다는 약하게 연결된 단체 중 하나는 현재 우리 정부의 법통이자 전신인 대한민국 임시정부다. 실제 임정 산하 무관학교에서 학업을 이어갔다고도 한다.

이외에도 신흥무관학교 출신 졸업생들이 뻗어나간 곳

은 이루 다 말할 수 없을 정도다. 수백 명의 졸업생이 김좌진 장군의 남로군정서에 합류하여 청산리 대첩을 이끌었으며, 김원봉, 나석주 등이 의열단을 조직하기도 하였다. 주요 단체들만 열거해도 대한독립군단, 한국 독립군, 신민부, 고려혁명군, 주만통군부 등 무수히 많으며 졸업생 대부분은 광복 이전까지 계속 투쟁을 이어나갔다.

현재 신흥무관학교를 직접적으로 잇는 단체는 기능과 역할 면에서 '경희대학교', '육군사관학교', '대한민국 정부와 육군' 이렇게 크게 세 가지로 볼 수 있다.

경희대학교

　신흥무관학교의 교육기관 측면에서의 후신이자 가장 직접적인 후신은 경희대학교이다. 해방 후 신흥무관학교의 원 설립자 이시영(이회영의 동생)이 1947년에 '신흥전문학원'이라는 학술 전문대학으로 재개교하여 교육기관으로서의 역할을 승계하였다. 신흥무관학교의 설립자가 직접 재개교하였기 때문에, 1949년 당시의 모집 공고에서도 신흥무관학교의 후신 학교임을 명시하였다.

　신흥전문학원은 1949년에 문교부의 승인으로 초급대학인 신흥대학으로 승격되었고, 이후 부산에서 전시연합대학에 소속되어 있던 1951년, 자금난으로 조영식 전 경희대 총장이 부채를 떠안는 조건으로 인수하였다. 신흥대학은 1955년 종합대학으로 승격되었고, 1960년 '신흥'이라는 명칭이 속되다는 이유로 이름을 '경희'로 바꾸어 지금에 이른다.

신흥대학 터.

육군사관학교

신흥무관학교의 군사교육기관 측면에서의 후신은 육군사관학교다. 신흥무관학교는 대한제국 육군무관학교의 후신 격인 학교였다. 실제로 육군무관학교 졸업생 대부분이 신흥무관학교의 교관으로서 학생들을 교육했다. 신흥무관학교의 강제 폐교 이후 대한민국 임시정부의 육군무관학교로 이어졌고, 다시 이 학교는 문을 닫게 되지만 무관학교로서의 줄기는 계속 이어져 왔다.

광복 이후, 미군정 산하의 군사학교로써 국방경비대사관학교가 1946년 5월 1일 개교하는데, 임시정부 윗선 및 다수의 무관학교 출신 독립운동가들이 이 학교에서 교편을 잡아 그 적통성을 이어가려 했다. 국방경비대사관학교는 이후 육군사관학교로 개편되었다.

대한민국 정부, 대한민국 육군

신흥무관학교의 기관단체의 측면에서 대한민국 정부, 대한민국 육군을 후신으로 볼 수도 있다. 신흥무관학교의 재단 격인 한족회(韓族會) 산하의 군기관 군정부(軍政府)는 임시정부 출범 이후, 임시정부 산하기관인 서로군정서로 개편되고, 다시 참의부(육군주만참의부)로 개편된다. 한족회 자체도 여러 번의 개편을 통해 조선의용대의 성립으로 이어지며, 이후 대한민국 임시정부 산하의 한국광복군에 조선의용대가 다시 합류하게 된다.

즉, 중추기관 측면에서는 대한민국 임시정부로, 독립군 등 군기관의 측면에서는 한국광복군으로 그 명맥이 이어지게 된다. 이후 광복을 맞게 되고 대한민국 정부가 수립되는데, 정부에서 대한민국 임시정부의 후신임을 대한민국 헌법 등에 명기하였고, 대한민국 육군에서는 한국광복군을 계승했음을 밝히고 있다.